القصة مستوحاة من إحدى مغامرات الرياضي القطري
فهد بادار ونجاحه في تسلُّق جبل كليمنجارو.

عفنطس فوق قمة كليمنجارو

دار جامعة حمد بن خليفة للنشر
صندوق بريد 5825
الدوحة، دولة قطر

www.hbkupress.com

جميع الحقوق محفوظة.

لا يجوز استخدام أو إعادة طباعة أي جزء من هذا الكتاب بأي طريقة دون الحصول على الموافقة الخطية من الناشر باستثناء حالة الاقتباسات المختصرة التي تتجسد في الدراسات النقدية أو المراجعات.

الطبعة العربية الأولى عام 2022

الترقيم الدولي: 9789927161568

تمت الطباعة في الدوحة - قطر.

مكتبة قطر الوطنية بيانات الفهرسة – أثناء – النشر (فان)

قفة، غادة، مؤلف.

عفنطس فوق قمة كليمنجارو / قصة فهد بادار، تاليف غادة قفة ؛ رسوم علي الزيني. الطبعة العربية الأولى. – الدوحة، دولة قطر : دار جامعة حمد بن خليفة للنشر، 2022.

42 صفحة : إيضاحيات ملونة ؛ 22 سم

تدمك: 978-992-716-156-8

القصة مستوحاة من إحدى مغامرات الرياضي القطري فهد بادار ونجاحه في تسلق جبل كليمنجارو.

1. بادار، فهد. 2. الرحالة -- قطر. 3. جبل كليمنجارو (تنزانيا) -- الوصف والرحلات. 4. قصص الأطفال العربية. 5. الكتب المصورة. أ. الزيني، علي، رسام. ب. العنوان.

PZ10.731. Q84 2022
892.737 – dc23

202228552854

القصة مستوحاة من إحدى مغامرات الرياضي القطري
فهد بادار ونجاحه في تسلُّق جبل كليمنجارو.

عطس فوق قمة كليمنجارو

قصة : فهد بادار تأليف : غادة قفة رسوم : علي الزيني

دار جامعة حمد بن خليفة للنشر
HAMAD BIN KHALIFA UNIVERSITY PRESS

أعرِّفكم بنفسي، اسمي عفنطس! أنا كائن جميل ومُسالم، وأنتمي إلى عائلة اليرابيع. أحب المغامرات، ولوني مثل لون رمال الصحراء، وفرائي ناعم مثل نعومة كثبانها.

ذات يوم، علِق رأسي داخل كيس بلاستيكي، وكدتُ أختنق. لكنْ فجأةً! شعرت بيد قوية تنقذني.

التقطت أنفاسي، وشكرت صاحب اليد وعرَّفته بنفسي، ففتح فمه مُندهِشًا، وأخذ يفرك عينيه ليتأكد من أنني لست من نسج خياله. ثم قال: «أنا اسمي فهد».

تحادثنا، وأخبرني عن حبّه للصحراء، وعن اهتمامه بتنظيفها من المُخلفات. وحكى لي عن أحلامه وأمنياته ومغامراته،

نعم ... مغامراااته!

ومنذ ذلك اللقاء، صرنا أصدقاء، وبدأت رحلاتنا معًا حول العالم.

البداية

اعتدت أن أرافق فهدًا في رحلاته المستمرة إلى الصحراء الساحرة.

وكانت تلك الرحلات جزءًا من تدريبات اللياقة البدنية، التي تساعده على تحقيق حلمه في تسلق الجبال!

وذات مرة، عبّرتُ له عن تعجُّبي: «حلمُك بتسلق الجبال غريب حقًّا! ويبدو لي أنه صعب وشاق».

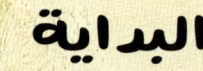

أجابني فهد: «إنّ تسلُّق الجبال رياضة مشوِّقة جدًّا يا عفنطس. وتتطلب تمرينات بدنية، وشجاعة، وقوة تحمُّل عالية».

عندئذٍ انطلقت مهرولًا في الصحراء، وأنا أصيح: «هيا يا فهد، فلنتدرب معًا... واحد... اثنان... واحد... اثناااان...».

في أحد الأيام، بينما كنا نأخذ قسطًا من الراحة، أخبرني فهد بأنه يعتزم تسلُّق جبل كليمنجارو.

صحت في تعجب: «كاااا لااا... كلا، ما ما... ماذا؟»

ضحك فهد وصحَّح لي: «كييي... لييي... مااا... نجااا روووو».

ثم قال: «جبل كليمنجارو يا صديقي أعلى جبل في قارة إفريقيا، إنه جبل منفصل تحيط به الغابات، ويقع في دولة تنزانيا».

فانهلتُ عليه بالأسئلة متحمِّسًا: «هيَّا أخبرني أكثر عن هذا الجبل، فأنا لم أرَ جبلًا في حياتي... كم يبلغ ارتفاعه؟ وكيف سنذهب إليه؟ وستأخذني معك، أليس كذلك؟»

ولم أنتظر الإجابة، فأخذت أركض وأصيح من السعادة: «سأتسلَّق جبل كليمنجاروووو...».

الاستعداد للرحلة

كانت أولى خطوات استعدادنا للرحلة، شراء الملابس وأدوات التسلُّق التي سنحتاجها في مغامرتنا.

واشترينا حذاءين متينين طويلين، وحبالًا، ومرابط للحبال، وأحزمة لربط الخصر، وعصيّ التسلق، وملابس مناسبة.

وسألت البائع في المتجر بفضول: «لماذا علينا شراء معطف سميك؟»

فأجابني: «يُعدُّ اختيار الملابس المناسبة للتسلق أمرًا بالغ الأهمية! ومنها الملابس التي تبعث على الدفء وتقاوم المطر، لأن الظروف الجوية تتقلَّب كلما ازداد الارتفاع عن سطح البحر».

وعند عودتنا إلى البيت، انهمكنا في إعداد الحقائب استعدادًا لرحلتنا في اليوم التالي.

يوم السفر

حلّقتْ بنا الطائرة فوق تنزانيا. وكنت أتأمل طبيعتها الرائعة والحيوانات السارحة في أرجائها، حين سألني فهد مبتسمًا: «ما رأيك فيما تراه الآن يا عفنطس؟»

تابعت تأملي لسهول السافانا الخضراء الممتدة، وهمستُ مُجيبًا: «شاااسعة... وخضراااء».

ضحك فهد قائلًا: «نعم، خضراء! تشتهر تنزانيا بطبيعتها الخضراء. وتعيش فيها الأفيال والزرافات والأُسود وحُمُر الوحش وغيرها من الحيوانات طليقةً في محمية سِرِنغيتي الوطنية».

سألتُ فهدًا عن معنى «محمية»، فأوضح لي أن المحمية كناية عن مناطق يُحظر فيها صيد الحيوانات، بهدف حمايتها من الانقراض.

وتُعدُّ محمية سِرِنغيتي الوطنية الوجهة الأشهر لرحلات السفاري في العالم.

اليوم الأول
مدينة موشي

ذهبنا من مطار كليمنجارو إلى مدينة تُدعى موشي. وهناك التقينا بأفراد فريق التسلُّق، الذين جاؤوا من بلدان مختلفة.

وبعد أن ارتحنا في الفندق قليلًا، اجتمعنا مع أكيدا، المرشد الخاص للفريق في الرحلة. كان قويًّا ضخم البنية، ويتّسم باللطافة والمرح، ويبتسم للجميع بود.

استمتعنا بالتعارف فيما بيننا، وتبادَلَ الجميع الأحاديث عن بلدانهم وعن حبهم لرياضة التسلُّق!

فجأةً شعرتُ بشخص يقف ورائي! إنها دانة اللطيفة، رفيقتنا في الفريق.

أبدت إعجابها بفرائي، وهو ما أسعدني حقًّا!

ثم أخبرتني أن جبل كليمنجارو يرتفع 5895 مترًا عن سطح البحر، وأنه كان بركانًا قبل آلاف السنين.

وشعرتُ بالبرودة حين قالت: «إن الحرارة عند قمة الجبل تصل إلى 18 درجة تحت الصفر في فصل الشتاء».

وتمنَّيتُ مثلها أن ننجح في تسلق الجبل، حين قالت: «إن نحو 30 ألف شخص يخوضون التجربة كل عام، وينجح في الوصول إلى القمة نحو ثلاثة أرباع هذا العدد وليس الجميع».

اليوم الثاني
مخيم ماتشاما

استيقظتُ عند الفجر، وسارعت لإيقاظ فهد، وسحبت عنه الغطاء صائحًا: «لا وقت للنوم يا صديقي... جبل كليمنجارو في انتظارنا!!!».

تناولنا إفطارًا خفيفًا مع الفريق، وانطلقنا في الحافلة نحو مدخل الحديقة الوطنية «سِرِنغِيتي».

في الطريق، التقطنا صورًا لقطيع من الفيلة يستحم في إحدى البحيرات، وقطيع من حُمُر الوحش، وزرافات تتمايل بأعناقها الطويلة.

ومن هناك، بدأنا رحلتنا سيرًا على الأقدام متوجهين إلى المخيم الأول، واسمه مخيم ‹‹ماتشاما››.

في أثناء سيرنا، قابلنا عددًا من الأطفال يلعبون الكرة، فلم نتوانَ أنا ودانة عن اللعب معهم.

أخذ الأطفال يتضاحكون وقد أثار شكلي فضولهم، وراحوا يمرِّرون لي الكرة، وكنت أركلها بسعادة.

أبديتُ إعجابي بملابسهم الجميلة والملونة، عندها علَّقتْ دانة موضحة: «إنها جميلة ومميزة حقًّا، وهكذا يلبس أطفال قبائل الماساي».

في تلك اللحظة، سمعنا صوت أكيدا ينادينا لمتابعة المسير، حتى لا نتأخر في الوصول إلى المخيم. فودَّعْنا أصدقاءنا الأطفال اللطفاء، وتابعْنا الرحلة.

كان الطريق يصعد بنا تدريجيًّا، وأوضح لنا المرشد أكيدا أن التدرُّج في الصعود مُهم جدًّا، كي تعتاد أجسامنا على ارتفاع ضغط الجو وقلة الأكسجين في الهواء.

صحتُ مذعورًا: «ماذا...؟ قلة الأكسجين...؟ لم أحضر أنبوبة أكسجين معي! ماذا سأفعل الآن؟»

أجابني أكيدا ضاحكًا: «لن تحتاج أنبوبة الأكسجين يا عفنطس، وسيعتاد جسمك على انخفاض معدَّلِه».

ضحك الجميع من ردة فعلي، فهمستُ في أذن فهد غاضبًا: «هممم... فليضحكوا! لكنني في المرة القادمة سأحضر معي أنبوبة أكسجين».

كتم فهد ضحكاته، وقال: «لا عليك يا صديقي، إنهم يمازحونك فقط... وأنصحك بأن تكثر من شرب الماء كي يتأقلم جسمك بوتيرة أسرع».

عند وصول فريقنا إلى مخيم ماتشاما، سجَّلنا أسماءنا، ثم دعانا أكيدا للاجتماع كي يُطلعنا على جدول اليوم التالي، وعلى مسار رحلتنا وساعة انطلاقنا.

وبعد تناول الطعام، جلتُ بين الخيام المجهَّزة كي أختار إحداها. كانت كل الخيام صغيرة، وتتسع الواحدة منها لشخصين فقط.

اخترت الخيمة الأجمل، وفيها استرحنا أنا وصديقي فهد، ونمنا ليلتنا استعدادًا للغد.

اليوم الثالث
مخيم ثسيرا

كان البرد قارسًا مع بدء يومنا. ولم تكن أجسامنا معتادة على تلك البرودة الشديدة!

قال فهد: «بررررد... أين نحن من حرارة الصحراء يا عفنطس؟»

وجاءنا مساعدو الفريق بأكواب فيها شرابٌ ساخن. وقال أحدهم: «هذا شاي الزنجبيل، سيساعدكم على التخلص من البرد، ويبعث الدفء في أجسامكم».

أخذتُ كوبين، واحدًا لي وآخرَ لفهد. ثم قلت له هامسًا: «ستجد حرارة الصحراء في هذا الكوب يا فهد... هيا اشربه يا صديقي!»

لم نتأخر في حزم أمتعتنا، وانطلقنا نحو المخيم الثاني، واسمه مخيم شيرا.

وفجأةً! انهمر المطر بغزارة، فسارع الجميع إلى ارتداء معاطفهم الواقية من المطر، باستثناء دانة!

فما كان منِّي إلَّا أن تسلَّقت حقيبة فهد الكبيرة، وأخرجت منها معطفًا واقيًا، وأعطيته لها كي لا تبتل ملابسها وتصاب بالرشح.

بدتْ دانة سعيدة جدًّا بمبادرتي، وقالت: «شكرًا لك يا عفنطس... أنت صديق بحق!»

وتابعْنا سيرَنا حتى وصلنا إلى مخيم شيرا، وبِتْنا ليلتنا فيه.

30

اليوم الرابع
مخيم بارانكو

سِرْنا صباحًا إلى المخيم الثالث، وهو مخيم بارانكو.

وفي الطريق، لاحظنا أن الأشجار بدأت تختفي شيئًا فشيئًا، وصارت المنطقة الجبلية جرداء. وليس ذلك فحسب، بل ظهرت أمامنا مساحات بيضاء ممتدة على الأرض، إنه الثلج!

وحين توقَّفنا للاستراحة، رشقتُ أصدقائي بكرات الثلج. وصحتُ بسعادة: «هيا يا رفاق، فلنلعبْ بالثلج قليلًا... لا تدَعُوا الفرصة تفُتكم!»

بادلتْني دانة بعض الرشقات، ثم انتقلت عدوى اللعب بالثلج إلى فهد وإلى الآخرين.

حان موعد الغداء، فكان لا بد من الاستراحة. تناولْنا حساءً لم يسبق لي أن تذوَّقته من قبل، إنه حساء الموز.

أنهيت طبقي بسرعة من شدة الجوع، وكان الحساء لذيذًا بالفعل!

وطلبت من أكيدا أن يعلمني طريقة إعداد هذا الحساء الشهي، فأجابني مبتسمًا: «إن حساء الموز من الأطباق الشهيرة في تنزانيا يا عفنطس، وسهل التحضير، وخطوات إعداده متوفرة عبر الإنترنت».

قطعْنا مسافة طويلة حتى وصلنا إلى مخيم بارانكو. وكان الليل قد خيَّم على المكان، وكنا متعبين جدًّا. توجه الجميع إلى خيامهم لنيل قسط من النوم استعدادًا لليوم التالي.

اليوم الخامس

مخيم كارانجا

كي نصل إلى المخيم الرابع، وهو مخيم كارانجا، كان علينا أن نتسلّق جدار بارانكو الصخري الشاق.

لم أشعر بالراحة عند تسلُّق الجدار شديد الارتفاع، رغم تطمينات المرشد أكيدا. وسيطر عليّ الخوف من الانزلاق، لذلك صرت أراقب خطواتي جيدًا، وأثبّت قدميَّ فوق الصخور، وأتمسّك بالجدار مثلما يفعل الجميع.

لم أكن الخائفَ الوحيد في الفريق، لكنني لم أنجح في إخفاء قلقي مثل غيري. وساعدني تشجيع أكيدا وفهد على متابعة الصعود، وهدّأ من مخاوفي إلى حد كبير.

ولم أنس صعوبة الطريق إلّا حين رأيت الطيور تحلّق وتَحطُّ بالقرب منا. كانت مدهشة حقًّا، وبعض أنواعها كان جارحًا.

وأخيرًا وصلْنا إلى المخيم.

اليوم السادس

مخيم بارافو

مع حلول اليوم السادس، كان الجميع يشعر بالتعب والإرهاق. وانطلقنا صباحًا إلى آخر مخيم يفصلُنا عن قمة كليمنجارو، واسمه مخيم بارافو.

كانت هناك مفاجأة مذهلة في انتظارنا عند وصولنا إلى المخيم... عاصفة ثلجية! وكانت قطع الثلج الكبيرة تنهمر بغزارة، فتنثرها الرياح القوية في كل مكان.

أَوَى أعضاءُ الفريق إلى الخيام، ولم يشعروا بالأمان إلَّا مع هدوء العاصفة. عندئذٍ تناولْنا عشاءً خفيفًا في وقت مبكر، كي نحصل على القسط الوافر من الراحة استعدادًا لليوم الكبير... يوم تسلُّق القمة!

اليوم السابع

قمة كليمنجارو

خرجتُ قبل الفجر من خيمتي، وقرّرت مساعدة أكيدا على إيقاظ الفريق. ورحت أضرب على علبة معدنية وأصيح: «هيّا استيقظوا يا رفاق... لقد تأخرنا! هياا... لا وقت للكسل».

أطلّتْ دانة من خيمتها وهي تفرك عينيها، وقالت متذمرةً: «لماذا سنتحرك الآن؟ لم تشرق الشمس بعد يا عغنطس!»

قال أكيدا موضحًا: «يجب أن نتحرّك في أسرع وقت، فالطريق إلى القمة طويل ومرهق».

وتابع صائحًا: «هياا يا أبطاال... انهضواا جميعًا».

كان الجو قارصًا، ولكننا بدأنا رحلة الصعود في حماس.

في تمام العاشرة صباحًا، وصلْنا إلى قمة جبل كليمنجارو.

كان الفرح يغمر الوجوهَ، وبدأ الجميع في الغناء احتفالًا بالنجاح. وأخذوا يلتقطون الصور، ليتذكروا دائمًا لحظة تحقيق حلمهم بالوصول إلى قمة الجبل.

ناديتُ فهدًا بأعلى صوتي: «فهدُ... لقد وصلْنا!»

نسيتُ تعبي وإرهاقي مثل الجميع، ورحت أصرخ: «عفنطس البطل المغواااار قد نجح في الوصول إلى قمة كليمنجارووو».

وقفنا عند اللافتة التي كتب عليها: قمة كليمنجارو، وهلّلْنا وقفزْنا أمام الكاميرا، ورفعَ كل عضو في الفريق علم بلاده بفخر واعتزاز.

كانت رحلة لا تُنسى رغم صعوباتها.

حقيبة الظهر
معطف الثلج
خيمة
قفازات
حذاء التسلُّق
فأس الجليد
مرابط الحبال
سكين الجليد
حقيبة إسعافات أولية
معطف المطر

معدات التسلق

ساكة

عصا التسلق

نظارة واقية

حزام ربط الخصر

خوذة

حبال